अंधेरी रातें चुराएं

सुमीत कुमार

Copyright © Sumeet Kumar
All Rights Reserved.

This book has been published with all efforts taken to make the material error-free after the consent of the author. However, the author and the publisher do not assume and hereby disclaim any liability to any party for any loss, damage, or disruption caused by errors or omissions, whether such errors or omissions result from negligence, accident, or any other cause.

While every effort has been made to avoid any mistake or omission, this publication is being sold on the condition and understanding that neither the author nor the publishers or printers would be liable in any manner to any person by reason of any mistake or omission in this publication or for any action taken or omitted to be taken or advice rendered or accepted on the basis of this work. For any defect in printing or binding the publishers will be liable only to replace the defective copy by another copy of this work then available.

सुमीत कुमार

सुमीत कुमार, एक वयस्क जो जीवन के कई चरणों का अनुभव करता है, एक प्रसिद्ध लेखक और नए युग के लेखक हैं। वास्तव में वह एक लेखक होने के साथ-साथ गायक, कवि, शायर, उद्धरण लेखक, गीत लेखक और एक कलाकार भी हैं। एंकर या स्टैंडअप कॉमेडियन। उनके बारे में बहुत ही रोचक और दिलचस्प तथ्य यह है कि वे नए युग के लेखक हैं यानी उन्होंने अपने लेखन की यात्रा उस उम्र में शुरू की जब वह अध्ययन करने के लिए स्कूलों जा रहे थे। उनकी 100 पुस्तकों की स्ट्रीक महान होगी भविष्य में उनके लिए उपलब्धि, उनकी कुछ प्रसिद्ध रचनाएँ यानी प्रेम की परिपक्वता (शैली _प्रेम) स्वप्न की गोपनीयता (शैली-मध्य वर्ग की जीवन शैली)।

आप नोटियन प्रेस, अबे बुक्स, इम्युजिक इन, फ्लिपकार्ट, एमेजॉन, किंडल, इंस्टेंट रीड लाइक ईबुक, किंडल, गूगल, इंटरनेशनल साइट्स और कई अन्य से भी उनकी किताब खरीद सकते हैं।

स्पॉटिफ़ पर पॉडकास्ट: @ ब्रोकन हार्ट इंस्टा आईडी: बुकहब92 जीमेल: सुमितकुमार 88234 लिंक्डइन: सुमीत कुमार

क्रम-सूची

प्रस्तावना

दिवास्वप्न चेतना का किनारा है जो वर्तमान, बाहरी कार्यों से अलग हो जाता है जब ध्यान एक अधिक व्यक्तिगत और आंतरिक दिशा की ओर जाता है। कुछ चरणों में यह इतना जटिल नहीं लगता है, लेकिन कुछ चरण ऐसे भी थे जो खतरे की जटिलता दिखाते हैं जो कभी-कभी परे व्यवहार करते हैं प्रकृति नियम। हाँ, हम दिवास्वप्न के बारे में यह भी कह सकते हैं कि एक प्रकार की बाहरी भावना है जिसे हम कल्पना के रूप में कर सकते हैं। यह घटना लोगों में आम है, एक बड़े पैमाने पर अध्ययन द्वारा दिखाया गया दैनिक जीवन जिसमें प्रतिभागी अपना आधा खर्च करते हैं दिवास्वप्न पर औसतन चलने का समय। वे विभिन्न प्रकार के नाम हैं जिनमें दिवास्वप्न के बारे में वर्णन करना शामिल है, लेकिन कभी-कभी इसका व्यवहार ऐसा नहीं होता है, लेकिन इसे केवल नामों पर ध्यान केंद्रित करने दें, ताकि एक दिवास्वप्न का वर्णन किया जा सके। मन भटकना, कल्पना, सहज, विचार, आदि। दिवास्वप्न शब्द का इस्तेमाल करने वाले पहले व्यक्ति जेरोम एल.सिंगर (फरवरी 6,1924-दिसंबर 14,2019) थे, जिनके शोध कार्यक्रमों ने लगभग सभी बाद के अनुसंधान कार्यक्रमों की नींव रखी, जिन्होंने इस क्षेत्र में लगभग सभी अनुवर्ती शोधों की नींव रखी।

आज। वह येल स्कूल ऑफ मेडिसिन में मनोविज्ञान के प्रोफेसर एमेरिटस थे। वह अमेरिकन साइकोलॉजिकल एसोसिएशन, अमेरिकन एसोसिएशन फॉर एडवांसमेंट ऑफ साइंस और न्यूयॉर्क एकेडमी ऑफ साइंसेज के फेलो थे। दिवास्वप्न भी ध्यान-घाटे वाले अतिसक्रिय विकार वाले लोगों की विशेषता है, और इसे एक नकारात्मक प्रकाश में देखा जा सकता है क्योंकि एडीएचडी वाले बच्चों को अपने आस-पास ध्यान केंद्रित करने और वर्तमान कार्यों के बीच में शुरू करने में अधिक कठिन समय लगता है। वास्तव में भावनाओं का तरीका भी हो सकता है नकारात्मक और पोस्टिव वाइब्स की मदद से दिन के नाटक के तथ्य को परिभाषित करें। नकारात्मक दिन सपने देखने और सकारात्मक दिन सपने देखने के बीच एक पुल था, और उन्हें एक ही शब्द के साथ परिभाषित करने के लिए कई मतभेद भी होते हैं

नकारात्मक दिन सपने देखने के बारे में, इसे किसी व्यक्ति के नकारात्मक मूड के रूप में परिभाषित किया जा सकता है जो कि दिवास्वप्न के दूसरे संघ का एक प्रकार है। शोध में पाया गया है कि लोग आम तौर पर कम खुशी रेटिंग की रिपोर्ट करते हैं जब वे वास्तव में नहीं होते हैं, जब वे वास्तव में नहीं होते हैं। यहां तक कि गतिविधियों के दौरान भी वे अन्यथा आनंद लेंगे। सकारात्मक दिवास्वप्न के लिए, लोग वर्तमान कार्यों और सुखद चीजों के बीच समान खुशी रेटिंग की रिपोर्ट करते हैं, जिनकी वे अधिक संभावना रखते हैं खोज के बारे में दिवास्वप्न सभी गतिविधियों में सच रहता है। खोज सभी गतिविधियों में सही रहती है। मूड और दिन के बीच महत्वपूर्ण संबंध समय-अंतराल विश्लेषण से होता है कि बाद वाला पहले आता है, न कि दूसरे तरीके से। प्रगति के मार्ग को भूल जाना भी एक प्रकार का दिवास्वप्न है जो आमतौर पर नकारात्मक दिवास्वप्न की स्थिति में आता है, लेकिन मेरे अनुसार ऐसा नहीं था, क्योंकि जब कोई अपने सपने, और अपनी उपलब्धियों, अपने प्यार के तरीके को भूल जाता है, तो कभी-कभी बाद में वहाँ भावनाओं का एक कचरा था जो तब सामने आता है जब हमारे पास अपने जीवन में करने के लिए कुछ नहीं होता है, जैसे बेरोजगारी। अधिक उदाहरणों के लिए, 19वीं शताब्दी के उत्तरार्ध में, टोनी नेल्सन ने तर्क दिया कि भव्य कल्पनाओं के साथ कुछ दिवास्वप्न आत्म-संतुष्टि के प्रयास हैं "इच्छा पूर्ति" अभी भी 1950 के दशक में, कुछ शैक्षिक मनोवैज्ञानिकों ने माता-पिता को चेतावनी दी कि वे अपने बच्चों को दिवास्वप्न न देखने दें, इस डर से कि बच्चे दिवास्वप्न देखें, इस डर से कि बच्चों को "न्यूरोसिस और यहां तक कि मनोविकृति" में चूसा जा सकता है। जबकि दिवास्वप्न की लागत अधिक विस्तार से चर्चा की गई है संबंधित लाभ का अध्ययन किया गया है।

"

अब भी इंतज़ार
किसी के लिए
उसके बाद तक
मौत

एक प्रकार है
दिवास्वप्न का |"

. एक संभावित कारण यह है कि बाहरी लक्ष्य-निर्देशित कार्यों से औसत दर्जे की लागत की तुलना में सपने देखने का भुगतान सामान्य रूप से निजी और छिपा हुआ है। व्यक्तिगत लक्ष्यों और सपनों जैसे लोगों के निजी विचारों को जानना और रिकॉर्ड करना कठिन है, इसलिए क्या दिवास्वप्न इन विचारों का समर्थन करता है मुश्किल है चर्चा करने के लिए। किसी व्यक्ति की खुराक पर दिवास्वप्न देखने के मामले में, उस समय प्रकट नहीं होना चाहिए जब वे प्रकट होना चाहते हैं क्योंकि सोच की पूरी प्रणाली कल्पना की दुनिया में थी, हाल के अध्ययनों में, इमॉर्डिनो एट अल, ने दिवास्वप्न के एक छिपे हुए लेकिन महत्वपूर्ण लाभ की पहचान की उन्होंने तर्क दिया कि दिवास्वप्न के दौरान दिमाग निष्क्रिय नहीं है, हालांकि एक दिमाग की गति आराम की स्थिति में थी, जो बाहरी कार्यों में ध्यान से संलग्न नहीं थी। बल्कि इस प्रक्रिया के दौरान, लोग अपने आप को कल्पनाओं, यादों, भविष्य के लक्ष्यों और मनोवैज्ञानिक स्वयं पर प्रतिबिंबित करते हैं, जबकि अभी भी आसान कार्यों को जारी रखने और बाहरी वातावरण की निगरानी करने के लिए पर्याप्त ध्यान को नियंत्रित करने में सक्षम हैं। इस प्रकार संभावित लाभ आंतरिक प्रतिबिंब के कौशल हैं व्यक्तिगत अर्थ निर्माण प्रक्रिया के साथ दैनिक जीवन के अनुभव के भावनात्मक निहितार्थ को जोड़ने के लिए दिवास्वप्न में विकसित किया गया। अभिक्षमता परीक्षणों पर दिवास्वप्न के हानिकारक प्रभाव के बावजूद, जिन पर अधिकांश शैक्षणिक संस्थान अत्यधिक जोर देते हैं, इमरडिनो एट अल ने तर्क दिया कि बच्चों के लिए दिवास्वप्न से आंतरिक प्रतिबिंब कौशल प्राप्त करना महत्वपूर्ण है।

शोध से पता चलता है कि इन कौशलों से लैस बच्चों में उच्च शैक्षणिक क्षमता होती है और वे सामाजिक और भावनात्मक रूप से बेहतर होते हैं, जब बाहरी वातावरण बच्चों से अत्यधिक ध्यान देने की मांग करता है, तो यह मानना उचित है कि ये उपयोगी कौशल अविकसित हैं।

"

बुरा प्रभाव
जीवन का
जैसा व्यवहार करें
एक अच्छा
का प्रभाव
मुस्कुराओ|"

हाँ यह सच है कि कभी-कभी अतीत का प्रभाव हमेशा भविष्य की मुस्कान की याद दिलाता है, इसलिए जीवन का बुरा प्रभाव मुस्कान के अच्छे प्रभाव के रूप में व्यवहार करता है। यह उस व्यक्ति के लिए इतना आसान नहीं है जो एक समय में भावनाओं के बंडल को संभाल लेता है, क्योंकि जब यह दिवास्वप्न के चरण में आता है, इसने उन सभी इच्छाओं को तोड़ दिया जो उस व्यक्ति के लिए एक सेकंड में एक यथार्थवादी चरण के रूप में होती हैं। ऐसा इसलिए है क्योंकि दिवास्वप्न अक्सर सामाजिक घटनाओं, अनुभवों और लोगों के मानसिक प्रतिनिधित्व पर केंद्रित होते हैं। यह भी देखा गया है कि दिवास्वप्न होने का एक बड़ा हिस्सा लगभग 71% सामाजिक था। हाल के शोध के अनुसार, यह भी पाया गया कि सकारात्मक अफवाह (गहरी सोच) ने सकारात्मक भविष्य की घटनाओं की इमेजिंग में वृद्धि की, यहां तक कि उदास लोगों में भी। स्पेक्ट्रम के विपरीत छोर पर, नकारात्मक अफवाह ने नकारात्मक भविष्य की घटनाओं के विचारों में वृद्धि का कारण बना। अवसादग्रस्त व्यक्तियों में लेकिन अवसादग्रस्त व्यक्तियों में नकारात्मक भविष्य की घटनाओं के विचारों में वृद्धि नहीं हुई, लेकिन उन लोगों में नकारात्मक भविष्य की घटनाओं के विचारों में उल्लेखनीय वृद्धि नहीं हुई जो उदास नहीं थे।

"बढ़ाओ

का प्रवाह

नकारात्मक

विचार

सामने

सकारात्मक की

विचार

हमेशा था

देता है

नकारात्मक

की ऊर्जा

मानसिकता |"

. पूरे विश्व में दिन में सपने देखना केवल मन का भटकना या भ्रम नहीं था क्योंकि कभी-कभी यह मेरे मामले में वास्तविक लगता था। मैंने कहा कि यह हमेशा एक दिवास्वप्न या मन भटकने जैसा व्यवहार नहीं था क्योंकि कभी-कभी यह हमेशा मेरे जीवन में वास्तविक क्षण देता है। मेरी परछाई की नसें हमेशा यह सोचती रहती हैं कि वास्तविक अवस्था कल्पना से परे है, लेकिन जब मस्तिष्क प्रणाली की बात आती है तो यह हमेशा सोचता है कि जीवन की नकली अवस्थाएँ वास्तविक हैं और रेल की अवस्थाएँ नकली हैं। वास्तव में दिवास्वप्न का तरीका एक था नकारात्मक और सकारात्मक वाइब्स का संतुलन जिसमें

50% यथार्थवादी चरण होता है और अन्य 50% कल्पना था।

"

सपनों के प्रकाश
को भूलने की
कोशिश करें
क्योंकि कभी-कभी
इसके माध्यम से
प्राप्त करना
कठिन
होता है।"

भूमिका

सुमीत कुमार

सुमीत कुमार, एक वयस्क जो जीवन के कई चरणों का अनुभव करता है, एक प्रसिद्ध लेखक और नए युग के लेखक हैं। वास्तव में वह एक लेखक होने के साथ-साथ गायक, कवि, शायर, उद्धरण लेखक, गीत लेखक और एक कलाकार भी हैं। एंकर या स्टैंडअप कॉमेडियन। उनके बारे में बहुत ही रोचक और दिलचस्प तथ्य यह है कि वे नए युग के लेखक हैं यानी उन्होंने अपने लेखन की यात्रा उस उम्र में शुरू की जब वह अध्ययन करने के लिए स्कूलों जा रहे थे। उनकी 100 पुस्तकों की स्ट्रीक महान होगी भविष्य में उनके लिए उपलब्धि, उनकी कुछ प्रसिद्ध रचनाएँ यानी प्रेम की परिपक्वता (शैली _प्रेम) स्वप्न की गोपनीयता (शैली- मध्य वर्ग की जीवन शैली)।

आप नोटियन प्रेस, अबे बुक्स, इम्युजिक इन, फ्लिपकार्ट, एमेजॉन, किंडल, इंस्टेंट रीड लाइक ईबुक, किंडल, गूगल, इंटरनेशनल साइट्स और कई अन्य से भी उनकी किताब खरीद सकते हैं।

स्पॉटिफ़ पर पॉडकास्ट: @ ब्रोकन हार्ट इंस्टा आईडी: बुकहब92 जीमेल: सुमितकुमार 88234 लिंक्डइन: सुमीत कुमार

पावती (स्वीकृति)

सुमीत कुमार

सुमीत कुमार, एक वयस्क जो जीवन के कई चरणों का अनुभव करता है, एक प्रसिद्ध लेखक और नए युग के लेखक हैं। वास्तव में वह एक लेखक होने के साथ-साथ गायक, कवि, शायर, उद्धरण लेखक, गीत लेखक और एक कलाकार भी हैं। एंकर या स्टैंडअप कॉमेडियन। उनके बारे में बहुत ही रोचक और दिलचस्प तथ्य यह है कि वे नए युग के लेखक हैं यानी उन्होंने अपने लेखन की यात्रा उस उम्र में शुरू की जब वह अध्ययन करने के लिए स्कूलों जा रहे थे। उनकी 100 पुस्तकों की स्ट्रीक महान होगी भविष्य में उनके लिए उपलब्धि, उनकी कुछ प्रसिद्ध रचनाएँ यानी प्रेम की परिपक्वता (शैली _प्रेम) स्वप्न की गोपनीयता (शैली-मध्य वर्ग की जीवन शैली)।

आप नोटियन प्रेस, अबे बुक्स, इम्युजिक इन, फ्लिपकार्ट, एमेजॉन, किंडल, इंस्टेंट रीड लाइक ईबुक, किंडल, गूगल, इंटरनेशनल साइट्स और कई अन्य से भी उनकी किताब खरीद सकते हैं।

स्पॉटिफ़ पर पॉडकास्ट: @ ब्रोकन हार्ट इंस्टा आईडी: बुकहब92 जीमेल: सुमितकुमार 88234 लिंक्डइन: सुमीत कुमार

1
चोरी का दर्द

जब सोच की तालाब जब हकीकत बन जाए तो उसकी तमना कोई नहीं करता, क्योंकि जब किशी काम के पुराने होने के बाद हम उसे छोड़ देते हैं, उसी तरह जब हमारी सोच एक हकीकत दिख जाती है लफ्जो की बनाबत अभी एक रहस्या है, और उसे में वक़िफ भी हूं, पर कुछ हकीकत ऐसे भी होते जो वक्त बेटे के बाद ही बताये तो मुलाजिम होगा, मेरी कहानी

कोई हकीकत नहीं है, और ना ही ये कोई कल्पना है किशी की, बश इसकी रिवायत तो कुछ ऐशी है की मेरी तखय्युल भी कहीं न कहीं हकीकत की मंजिल से वक्फ होना उनकी है। में अगर सीधे कहु तो में एक कोमा पेशेंट हूं, पर सिरफ बाराह घंटों के लिए, मेरी जिंदगी कुछ इस तरह की है की में अपनी तालाब भी एन बाराह घंटों की परकाही में ही पूरी कर सकता है, ही बाराह घंटों में ही कर सकता हूं, मेरी जिंदगी में कुछ हसीन पल नहीं है, पर हा ये जरूर कह सकता है, की मेरी पूरी जिंदगी ही एक हकीकत की बनाबत है, बचपन से कभी आजतक मैंने न ही वो कमर की खूबसूरत से में कभी वक्फ हुआ हूं, क्योंकि जिश वक्त इनकी सुरूरत होती है, ये आप कहिए जिश वक्त इनकी रिवायत उस फलक की पहचान बनती है, उस वक्त मेरे चश्में में। वही मेरी पूरी जिंदगी ही के हालात है पर, सच कहु तो मेरी ईश बेबसी के पीछे आयशा कोई हडसा नहीं है जो में आप सब को बता सकता है, ये इसे बर्रे में इकरार कर सकता है, बचपन में वो दिन के बारह घंटे ही क्यों, पुराना दिन ही क्यों नहीं, अगर उस चांद की कशिश से डर ही रखना था तो मुझे अंधा ही बना देते, वैसा भी रात की चांदनी जिसे चमका देखा कुछ भी से कोई तकलीफ नहीं है, प्रति बेशुमार कहत भी कोई चीज होती है इसके बारे में पता नहीं था। बेबसी तो है ईश दिल की, अपने दर्द को किशी से साहिल करने की, प्रति बेगैरत वक्त की मुराद थोड़ी नायाब है और काम भी,

इस्लिये में अपनी पहचान की इनायत से ही आप सब को पहले वक्फ करना चाहता हूं। वैशे मेरे नाम की पहचान भी मेरी बेबसी की बिलकुल हरीफ है, मेरे मतलब है जहां में रात की खूबसुरती नहीं देख सकता, न ही उस कमर की रोशनी को, वही मेरे नाम की पहचान में भी है। ज़ैन मिर्ज़ा (ईश्वरीय लड़ाई)) हा ये हकीकत भी है की में सिरफ बाराह घंटे ही अपनी जिंदगी को देख सकता हूं, मेरा मतलब उसे जी सकता हूं, उसकी हर एक मुराद की तालाब को अपना सकता हूं, उसकी रोशनी में खुद की परकाही की नुमाइश कर, हकीकत हूं और और उन बाराह घंटो में। मेरी बेबासी के बर्रे में डॉक्टर्स का ये कहना है की ये किशी तरह की दिवास्वप्न है, ये किशी तरह की कोमा भी, इस्का एक ही मतलाब ये है की ना तो वो मेरी बेबासी से कभी अच्छी तरह वक्फ ही मेरे खातिर और और ये तक में भी कभी इसे पूरी तरह से मुकाबिल नहीं हो पाया, मेरी जिंदगी हमें उन चार दीवारो की खामोशी में ही कैद रहती है, जहां सूरज की रोशनी तो बहुत ज्यादा है त हूं पर सिरफ उन बाराह घंटों के लिए, मेरी कशिश और मेरी तालाब भी सिरफ और सिरफ उन बाराह घंटों के लिए ही होती है, प्रति मेरी तखय्युल की फरोघ उमर कफी लंबी है, इंसान की ना कोई होती है। पूरी दुनिया आपको ये अहसास दिलाये की आप में किशी चीज की तालाब अधूरी है

तब कहीं न कहीं दिल की इनायत भी यही कहती है की हा में कहीं न कहीं मजबूर हूं, जब मा की परचाई में था तब कभी ये अहसास नहीं हुआ की मैं मजबूर हूं, जब उनकी दुनिया में हूं में मुझे लगता है कि ये हैं मेरे लिए नहीं बनी, कोई रिवायत नहीं होती है क्योंकि उसे तो एक इब्तिदा है जिसे सुरुरात किश डर से होता है सिरफ और सिरफ बाराह घंटे थे। मेरे दर्द की लिखावट तब लिखी गई जब में अपनी मोहब्बत से मिला था, वो भी हकीकत में नहीं, बाल्की

मेरी तखय्युल में, बात सिरफ इतने में उसके साथ थी में मेरी मोहब्बत भी मेरी खामोशी की तरह बिलकुल मेरे करीब थी, पर में उस पर अभी फतेह नहीं कर पाया, क्योंकि एक तरह से वो बेबसी थी जिसे वजूद से हर कोई वकिफ था, और एक अगर एक तरफ से था, वैशे मेरी जिंदगी में आइश कोई हसीन पा एल नहीं है, इस्का ज़िक्र में कफी पहले कर चुका हूं, प्रति जब उसकी मोहब्बत मेरी जिंदगी

ये बनी तब सयाद उस वक्त ये महसूश हो रहा था की, अब मेरी जिंदगी बदलने वाली है, प्रति उम्र मेरे बसी किश मंजिल की पहचान बन जाएगी, ये मुझे नहीं पता था, जिश बेबसी को मैं खुद हरे के लिए है के बारे में भी ना थी की वही आगे जकार मेरी जिंदगी बन जाएगी। घरवलो का ये कहना था की ये अपनी जिंदगी काइशे जी मिलेगा क्योंकि इसकी जिंदगी तो मातृ सिरफ बाराह घंटे की है, हम आज है गा, मेरी बेबासी की वजह से मेरे एक भी दोस्त थे, वो सब मुझे भूत कहते हैं, क्योंकि ऐसे ही दिन के बारा घंटे गुजरे, मेरी नफ्स मुझसे जल्द ही वक्त बन गया, एक और केह दे मुझे सर जटा, और कुछ नहीं, जिसी सासियों तो चलती थी, प्रति वो सयाद पूरी तरह से जिंदा न था, जिसे हर एक चीज की आवाज उसके कानो तक आती तो थी, प्रति वो कभी उन सुनकर जाव न दे पाटा। लगी थी खुद से, की में दुनिया दुनिया में हूं ही क्यों, के उन में खुदी ही बेबसी का पता बन चुका, मेरे वजूद की रिवायत ऐशी क्यों है, मैं हमशा अपनी मां से एक ही सवल पक्का था की मा, जब की मुझे पता है तो अपने मुझे अपने साथ ही क्यों रखा, अपने मुझे खुद से अलग क्यों नहीं किया, मैं तो आप सब के लिए एक नादामत की ही कह रहा हूं। मेरी मां ने सिरफ उस वक्त कुछ ही हूं। बच्चे, तू मेरी पूरी दुनिया है, अगर तुझे खुद से डर कर दिया, तो तेरी ये मा अपनी सासियों नहीं ले पायेगी, तेरे बिना अधूरी हूं, तू ही पता है मेरे शाद की मेरे तब बच्चे, की। (उश दिन मुझे ये लग रहा था कि ईश सवल की इनायत भी मेरे मा के लिए एक दर्द है जो मैंने उन दिया है, नेरी आंखें उस दिन अपनी नादाम की में आस्युं तो उनकी आंखें में थे, प्रति उनकी वजाह में था, वो सब देख कर तकलीफ हो रही थी मुझे, बश खुद किशी भी तार से अपनी बेबसी को डर करना चाहता था, प्रति सयाद उस वक्त उस खुदा को ये मंजूर नहीं था)। असल में वक्त की रिवायत उस दिन ही पता चली जब मैंने अपनी मां से ये सवाल पूछा, क्यों बक्की सब ने तो ये बोल दिया था की, तुम अपने बच्चों को गिरा दो, कभी उसे ज्यादा बाद में सामना केश करोगी, और इसे सबकी नजरो से कहीं बचायोगी, लोग न तो तुम्हारे जीने देंगे, इन सब के बाद भी मेरी मा ने की आइश धुख झेले थे, फिर भी कभी ऐसे ही होंगे। परचाई मेरे ऊपर पार्टी, उस समय सिरफ और सिर्फ मेरी मां की ममता ही दिखी। में तो कब का मारा चूका, बश मेरी मां की ममता ने ही मुझे जीने की रिवायत सिखाई, आज में जो भी हूं मेरी मां की वजह से, अगर मेरी बेबसी भी मुझसे दूर हुई तो वहां से, अभी लिखवत बक्की है, तो वक्त की और नुमाइश नहीं करुंगा, और अपनी नजात को तश्रीह करने की रिवायत करुंगा।

"अब टूट चुका
हुन

मुख्य
ये कहने की
बात तो
नही
आँखों में
दिख जाए
आइशी सौगात
तोह नहीं

और तुम कहते
हो
में हस्ता बहूत
हुन
तो मेरी जान
आजकल हर
हसी के पीछे
सेहरे
सैफ हो
आइशी कोई
खैरात
तोह नहीं | ”

“मर्ग कि
रिवायत
तोह बेइबासी न
कबकी करा
दी थि
वो तो मेरी
माँ कि
ममता है
जिस मुझे
आज तक
जिंदा रखा है | ”

सुमीत कुमार

" मेरी महफिल
मुख्य
मर्ग की कहत भी
थी औरो
ममता की
रिवायत भी
आमादा तोह
सबने की
मुझे अपनी महफिल से
दूर रखने
कि
प्रति
इत्तिफाक से ही
साही
प्रति मीन
आज उश महफिल
कि
आदत बन चुका
जिस मुझे कभी
मिताने की
सज्जिश की थी।
"

2

खुशी का अफसोस

मैं वही कहता हूं अगर बचपन की लिखावट ही किशी खामोशी की दीवारो में हो, तो आपका भविष्य भी उन्हीं चार दिवारो की उम्र जकार पता बन जाता है, जिसिका ना तो अपनी कोई तमना होती है और कोई और है, बश फ़र्क इतना है की इसकी सुरूरत भी एक रहश्या से हुई है, जिसी ना ही कोई तर्ज़ है और ना ही कोई इल्म, मैं उस मंजिल का मुश्फिर हूं जहां हर किशी की तालाब पूरी होती से मेरी, मेरे अंदर, मैंने अपना पूरा बचपन देखा है, उसे मेरे इलावा और कोई महानूश नहीं कर सकता, मेरी पूरी जिंदगी नादामत की तखय्युल में गुजारी अगर मेरी मां की पहचान तो मुझे ना मिला है के बीना, पर मेरी तकय्युल नहीं, में अपने हलत तो को तशरीह नहीं कर सकता, प्रति अपनी बेबसी के हर लम्हे से वक्फ जरूरी करवाउंगा, खैर बातें की तालाब भी मेरे लिए हैं दुनिया में ले चलता हूं, जिश दुनिया में मुझे सिर्फ बाराह घंटो की तालीम मिली है जीने की। 1982 फरीदाबाद सेहर लखनऊ, मेरे बचपन की कुछ खास

याद है नहीं है मेरे पास, न ही मेरे परिवार ने कभी इसे खास माना, क्योंकि वो भी कहीं न कहीं सही थे अपनी जगह पर, एक असामान्य बच्चों में कौन, एक असामान्य बच्चों को एक हलत से सहमत था, ईश जिंदगी में हर किशी की सिर्फ और सिरफ फारोघ की ही तालाब है, क्योंकि वो हम अपनी मंजिल में आगे लेकर जाता है, पर वही अगर किशी के नसीब में फिर कहीं न कहीं कोई फिरोद की है वही छोड़ देता है, सयाद में भी उनकी जग ये ही करता, पर मेरी मां ने कभी नहीं किया, उन्हे भले ही मुझे जन्म देने की तालीम में कई दर्द मिले, फिर भी उन कभी ने कभी अपने साथ लफ्जो में कहु तो, मा के प्यार की कोई सीमा नहीं होती, क्योंकि वो हम दशरे की तरह कभी भी फारोघ की पहचान नहीं होती,

क्योंकि हम तो उनके लिए उनकी शाद है, उनमें ममता की इनायत है, उनकी पहचान है, उनकी जिंदगी है, मुझे ये नहीं पता की मेरे मा ने मुझे क्यों ही दुनिया में हर एक मंजिल से है। मैंने कभी महसूस नहीं किया, मैं कामूर हूं, ये में हर वक्त किशी की बेबसी में कैद हूं, मुझे आज भी याद, जब लोग ये कहते थे मेरे बारे में सह, की हो अब तो द बन जाएगा, और के लोग तो ये भी कहते थे, की आब साम हो गई चलो हम घर में चले जाते हैं, नहीं तो ये आत्मा हम जीने नहीं देंगे, बचपन की तकदीर में कभी ही महान है किस वजह से अपने मा के लिए, प्रति जब भी दर्द की लिखत बचपन को छोड़ कर, वयस्क (वयस्क) की पहचान बन गई तो तकलीफ की बनाबत भी एक काफास ही लगाने में अभी बाकी है भूल जटा था, कुछ महसूश ही नहीं होता था, सरफ उनकी खुशियां ही दिखी थी, जब भी उनके पास जाट ए, मेरे प्यारे बेटा बोल कर गले से लगाती, प्रति मुझे क्या पता था की में उनकी ही खुशी, दर्द वो साहिल है जिस्की तालाब कभी एक से पूरी नहीं बाती, बाल्की वो हर एक को एक से पूरी नहीं से जुड़ा हो, और में भी साक्षी था, मेरे डैड ने मेरी मा को इश्ली छोड़ दिया, क्योंकि उस वक्त मेरी मां की सिरफ यही गल्ती थी की उन्होन अपने परिवार के जहां मुझे चुना था, आपको... मैं कुछ नहीं दिया, उनके रिश्ते की बनबत तो उसी दिन ही टूट गई थी, जिस दिन में उनका वजूद बना था, प्रति उस समय ये दर्द मुझे महसूश नहीं हुआ क्योंकि मैं उस समय तो एक मुर्दा ही एक मुर्दा ही था। थे प्रति सिरफ बाराह घंटो के लिए। ईश समाज की हवानियात ईश हद तक बढ़ गई की भी किशी भी रिश्ते को एक पल में तोड़ दे और उसके बारे में इकरार भी ना करे ,

, लोग मेरी सचाई से वक़िफ़ ज़रोर थे, इसलिये उन्होने ने मेरे जीने के हर एक वजह को मुझसे डर कर दिया, मेरा मतलब ये है कि मेरे भाई और बहनो को ये अच्छा नहीं लगता है, ही मेरे डैड को, इसलिये उन्होन ने मुझे छोडे का मन बहुत पहले ही बना लिया था, इसका एक ही मतलब है की वो मुझे अपने साथ नहीं रखना चाहिए थे, क्योंकि अगर पूरी पहचान में आया तो मैं दूर हूं एक शाद हो, पर वही आपको पता एक नजात हो किशी के लिए, तो उस वक्त अपने रिश्ते ही पहले साथ छोटे हैं। मजबूर कर दिया था मेरे वजूद ने उनके वजूद चू में, वह एक वक्त ने उनके लिए था। मैं कुछ नहीं, वो कहते हैं अगर तकलीफ एक ही दिन में पूरी तरह से मिले तो उसकी रिवायत मिटाई भी जा सकती है, पर जब वही आपके हर दिन और हर वक्त की तालीम बन जाए तो उसमें कोई। दुनिया में आए भी होते हैं जिन्की तालीम कोई

नहीं मीता सकता, और मैं रे दर्द की तिश्नगी तो मेरे लिए एक फन्ना ही थी और मेरे परिवार के लिए भी, तो उसमें तालीम कोई काश मीता सका था, अच्छे लम्हे हमेश साथ नहीं रहते और बुरे कभी साथ छोडते। कहने में भुं के लिए भी था, आंखों ने जब रिश्ते टूटे थे देखे तो अंदर से ये दिल खुद भी टूट गया था, मेरी बेबसी मुझे एक बिमारी लगने लगी थी, और मेरी भी मेरी हम इशे किशी अनाथ घर ये असामान्य मानव केंद्र को सौंप देते हैं, जहां ना तो इसे कोई तकलीफ होगी और वो ऐसी देखभल भी करेगा, फिर भी मेरी मां ने ये कहा की मेरा जेन मेरे साथ ही यही रहेगा, मुझे और न ही कभी खुद से डर करोगी, और तुम्हारे हो क्या गया है किशोर, ये हमारा अपना बेटा है, हमारा ज़ैन, प्रति फातिमा समझौता करो ये सामान्य नहीं है, अगर ये हमारे दसरे बचाओ के साथ है हमेश उन से अलग ही महसूश करेगा, मैं मानता हूं तुमने इसे जन्म दिया है, प्रति इसका मतलब ये तो नहीं की मैं अपने द्वितीय बच्चों का भविष्य इसकी वजाह से खतरों में दाल दूं, ये मेरे भी बेटा है। नहीं किशोर अगर ये तुम्हारे बेटा होता तो तुम

इसे कभी नहीं छोडते, न ही इसे मा बाप होते हुए तुम इसे अनाथ घर भेजने की जिद करते हैं, मैंने जन्म दिया है, मैंने नौ महाने अपने पालतू जानवर में पाला है, ये मेरा बेटा है और मैं कभी दूर से हूं ,इशे मुझसे डर मत करो में जी नहीं पाऊंगी। अगर ऐसी बात है तो तो तुम्हें हम छोडना होगा, और अपने दोनो बच्चों को भी, मैं ना तो आब इसे अपने पास रख सकता हूं और ना ही किशी मुर्दे का पास बनने की तालाब है मुझे है ,तुम्हे हम भुलना होगा, और अपने दोनो बच्चों को भी। ये वो आखिरी रात थी जब में अपनी मां के करीब था, अपने परिवार के साथ था (जिंदगी में कुछ ऐसे भी हलत आते जहां हम गलत तो नहीं रहते थे पर हम गलत बनाना परता है, वो में भी उससे भी बेहतर है)) वक्त की तालाब और फरोग की कहत हमशा किशी के रिश्ते को फन्ना की तालीम से ही नादामत कारती है, और वह मेरे साथ भी हुआ, मां मुझे कभी खुद से अलग नहीं करना चाहती थी, ना ही यही है , प्रति क्या करे हलत ही कुछ ऐश थे जहां एक तरह से मेरी ममता ने फतेह की तालीम परेशानी की तो दुसरी तरह हर की नादामत भी, मेरा मतलब है उन्हे एक और फ़र्ज़ निभाना था, की वो आपको कुछ नहीं बचा और ना ही अपने पति को, क्योंकि क्या करे वो दिल भी किशी हिंदुस्तान का था, जहां सबसे पहले किशी औरत के लिए उसका परिवार ही सब कुछ होता है, पर सैयद में उनका हिसा नहीं था, इसलिए मैं हूं वहाँ कभी नहीं दे सकता था, वैसा ये बातें मुझे तब पता चली जब में सयाद अपनी ममता को ही हरीफ मन चुका था, घुतान होने लगी थी उनके प्यार से, डर हो गया था उनसे कफी, मुझसे मिलने गया था करने लगा था में उन सब से जिन्होने मेरे साथ छोड दिया, प्रति वो गल पर नहीं थे, इस्का भी अहसास जल्दी ही हो गया था, जब उसकी मोहब्बत में ईश दिल को तोड़ा |

"

अंधेरे की
तलब

ही चाय:
क्योंकी आजकाल
उजाले की नादामात
है हम (2)

आंखें में
रोशनी
तो दिखी है
उष सूरज कि
फिर भी
बेवफ़ाई
कि
कोई पेचान
नही
हमे
वक्त बेवक़्त
सुना था हलती
बदलते है
प्रति आज तोह
इंसान ही बादल
गया है
किशी की मोहब्बत
मेरा .....
"

उस दिन माँ ने मुझे अनाथ घर छोड़ दिया, उस जगह से में अच्छी तरह से वक़िफ तो नहीं क्योंकि में कुछ ही दिन में वह से भाग गया था, प्रति कुछ ही दिन सही वहा की खामोशी मुझे दे रही थी मैं तकलीफ महसूश कर रहा था, सही कहु तो डर लग रहा था, की में ये कहा हूं, किशी दुनिया की तनहाई ने मेरी खुशियों को मुझसे दूर रखा है, और ये दर्द तो क्या है के परिवार चाये था, मुझे सिरफ और सिरफ मेरे मा की ममता चाय थी और कुछ नहीं। पर बेगरत वक्त ने मुझसे वो भी चीन लिया, तन्हा तो था उस चार दिवारों में, तकलीफ तो पर हो रही थी। आई यू कहिये की जिश महफिल को मैं छोड़ कर आया था, वही महफिल आब मेरे वजूद की वजह बन चुकी थी, जिश बेबसी को अपने घर झेल रहा था, वो अनाथ घर आने पर भी, वो बेबसी मुझे लोग ना तो मुझसे बातें करते हैं, ना ही कभी हलत पुचने की कोशिश करते हैं अगर किशी की बेबसी आपका घर बन जाए तो उसे हमें आपको तकलीफ ही देता है

और कुछ नहीं, और मेरे तो वजूद की पहचान ही बेबसी थी, और घर भी।

"

अजीब महफिल
में आ चुके है
जांघ
ना ही ये
कोई
अपना है
ना
ही कोई
पराया
हमारा
और ये किशो
नजात कि
तालाब दिखी
है एन चश्मा
को
जाहा शफ़ाक़
भी
नूर कि
इच्छा रहा है|"

. एक चीज की खैरत आब भी लिखनी बक्की है, मेरे मॉम एक मुस्लिम फैमिली से संबंधित कारती थी, और मेरे डैड एक हिंदू फैमिली से, तो इसका सैफ मैटल ये है की, वो दो अलग धर्म के थे, पर कुछ दिल की आइशी ही थी उनकी मोहब्बत ने धर्म की रिवायत को ही मिता दिया, इसके आगे की कहानी ना तो माँ ने मुझे बताया है और न ही मैंने तमना की उनसे पुचने की वक्त की थोड़ी इनायत काम है, अभी कुछ इस पर है कहत करनी होगी आप सब को, मेरी पूरी कहानी जाने के लिए।

"

मेरे दर्द
की नुमासिंह
भी
मेरे कफस

की पहचान
बन चुकि
जिस्की रिवायती
मुख्य
मेरे आस्युन
भी
पिन्हान
हो
चुके है। "

3

रातों के साथ मरना

जिश खामोशी की पहचान मुकाबिल था, वो हर वक्त आब मुझे एक नजात महसूश कारा रही थी, मैं बश उन चार दिवारो से निकलना चाहता था सबसे दूर जाना चाहता था, खुद को मार्ग की अदालत में दोशी सवित करना चाहता था, खुद के वजूद को मिटाने की रंजिश कर रहा था, बेबसी तो पहले थी पर हलत कुछ ऐसे बदले की फन्ना की नौमैश करने लगा, इसलिये मैंने वो कदम उठा जिस तवक्को किशी को नहीं थी, में अपने दर्द की तलम से वक्क़िफ़ था, और में ये भी जनता था की में किश खामोशी को खुद के और पिन्हान करने की इब्तदा कर रहा हूं, फिर भी सब कुछ जाने हुए भी मियां उसे होने दिया, खुद के परिवार की मोहब्बत

कभी नसीब नहीं ये सोच कर फन्ना को ही अपनी मोहब्बत बना रहा था, मार्ग की तालीम दो तरह की होती जिस्म पेहले की तालीम में हम अपने दर्द की शिद्दत को फिरोग की तरह रोज महसूश करते हैं, और दुसरी तरह से एक ही दिन में महसूश कर के ,खुद की नफ्स को अलविदा कह देते हैं, और मेरी तालीम उस वक्त दुसरी ही थी, में अपने जीने की तालाब को मार चुका था, इसलिये मैंने उस वक्त खुद को मार्ने की कोशिश की, और उसी वक्त जसब सब तो रहे थे, में चुपके से चा से भाग गया, पर अपने हलत से वक्फ था की मुझे जो भी करना है शफाक से पहले करना है, मेरे मतलब उन बाराह घंटो की रिवायत देख कर। है, उसमे तो ये दो हमारे साथ होते हैं, प्रति सोच की तालाब को पूरा करने में अधूरे। मेरा मातलब है में उश दिन खुद के वजूद को मिटने से पहले, ये सोच रहा था की, क्या मेरे मरने से सब ठीक हो जाएगा, क्योंकि मेरी बेबसी तो मुझसे दूर हो जाएगी, प्रति मेरी पहचान का क्या, क्या में अपनी मा से कभी दुबारा मिल पाउंगा, ये उने बता पाउंगा की आप सब के छोडने के बाद ईश सारे में तो हैं, प्रति सिरफ नाम की, वो बाराह घंटो की रिवायत से ज्यादा आप सब के छोड जाने की असलियत मुझे उनसे ज्यादा तकलीफ देती है जो में बचपन से सह रहा हूं उनसे आखिरी बार ही सही प्रति पूछना था कि आखिर क्यों किया, मेरे साथ ही क्यों? उस खुद ने जो बेबसी दी है मुझे उससे कोई तकलीफ नहीं, प्रति जो अपने किया उसकी इनायत मुझे हर रोज एक नए झटके की शिद्दत से वक्फ करवा रही है। तालाब से कफी दूर कर देती है, और सयाद उस वक्त मेरी हकीकत वही थी, जीने की इब्बत भी थी और मरने की बात भी, प्रति सयाद वक्त की रिवायत ने एन दो मुझसे डर कर दिया, क्योंकि जिश वक्त में खुद को मारने की रंजिश कर रहा था, वो भी किशी नदी में कुड़ कर, तो उसी वक्त अनाथ के कुछ लोग ने मुझे देख लिया, और मुझे पकाने के लिए मेरे पेचे पर गए, इसलिये में वो से भागे लगा, और वह से भगते भगते में किशी आइशी जग पर चला गया जो अनाथ घर से कफी दूर था, प्रति में इसकी रिवायत ये तो भूल ही गया था की बाराह घंटे होने ही वाले हैं, और मैंने जिश रिवायत को खुद से अलग किया था कुछ डर के लिए, सयाद वो रिवायत कुछ वक्त के लिए मुझसे दूर जाने वाली थी, मेरे मतलब है मैंने मार्ने की कोशिश फिर से की, प्रति ईश बर्र किशी की इनायत ने मुझे रौक लिया। और इसे पहले में उश कमर को देखता, मेरी चश्मे की देखने की रिवायत जा चुकी थी, मेरा मतलब है बाराह घंटे कब पूरे हो गए मुझे पता ही नहीं चला, क्योंकि जब में वह से भाग रहा था तो मेरी घाडी जो मुझे बाराह घंटे शुद्ध होने पर चेतावनी देती थी, वो भागते वक्त सयाद कहीं गिर गई थी, इसलिये में उस वक्त की देखते हुए भी उसे पहचान भूल चुका था, प्रति उस वक्त पहली बार जब मेरी आंख बंद हुई तो मुझे ये महसूश हो रहा था की मुझे के नई जिंदगी मिलने वाली है, क्योंकि में भले ही उस वक्त बेहोश हो चुका था, पर मुझे सब सुना दे रहा था, उसकी वो आवाज, उसके फिर करने की वजह सब महसूश कर रहा था, एक ही चीज थी जिस्से में उस वक्त वक्रिफ नहीं था, उसके लिए से।

"अजीब बेबसी

हाई

क्यूंकी ना ही

तु

मुझे

मार्ग की कहानी

विवरण

है

और ना

ही

मुझे जीने

कि

रिवायत।
"

जिस खामोशी के पीछे मैंने के साल गुजरे थे, सयाद आब वो मुझसे दूर होने वाली थी, इत्तिफाक से ही पर उसे मिलने के बाद, मेरी बेबसी मुझसे डर जा रही थी, मुझसे नहीं पाट वो कैसा अहसास था, प्रति सयाद जो भी था, वो मेरी बेबसी को मुझसे कहीं दूर लेकर जा रही थी, मेरे हलत जो पहले कफस की पहचान थे, अब वही मेरी खुशी की वजह बनने वाले थे, वो भी सिरफ और सिरफ उस एक अल्फाज की वजह से से, मुझे याद है जब उसने मुझे ये कह कर रौक लिया था, की ऐ बुद्धू रौक जाओ आयशा मत करो, तुम गिर जाओगे। उसकी मोहब्बत में, तखय्युल थी उसे वो खुशी मेरे एन आंखों की, मजबूर कर दिया उसके लफ्जो ने मुझे मार्ग की कहत को खुद से डर करने के लिया, अब जीने की तिश्नगी हो रही थी और सयाद कही ना कहीं इसकी इब्तदा भी, एन सब का बाद मुझे कुछ भी नहीं पता था कि क्या होने वाला है और क्यों होने वाला है। उस दिन बश में अपनी बेबसी को रौकना अच्ता था, किशी भी तरह, सिरफ और सिरफ उसे देखने के लिए, पर वो कहते हैं जब मुराद सच्चा हो तो उसे पाने में वक्त की रिवायत भी कफी लगी है, और मेरी भी रिवायत कुछ ऐसी ही थी उस वक्त जिस में अंजान था, खैर एन सब के बाद जब में अगले दिन उठा तो मेरी मुराद बश उसकी ही झलक दुंध रही थी, की अच्छी वो है कौन, कहां गई, ये मेरी कोई तखय्युल तो नहीं, ठीक में कोई ख्वाब तो नहीं देख रहा, और में कह मैं तो अपनी जान देने जा रहा था, तो मेरी जान बहुत बचाई किसने, फिर जब मैंने देखा तो वह कोई भी नहीं था सिरफ वीरन रहा था, और छरो तारफ जंगल, और एक घर जिसमे मैंने अपनी पूरी रात गुजरी थी, मैंने सब जग देखा पर कोई नहीं मिला, ना वो खूबसुरत आवाज मिली जिसी वजा से में मार्ग की तालाब ही मीता चूका था, मैं उसे धुंधने लगा, और जोड़ जोड़ से चिल्लाने लगा, कोई है? फिर भी किशी ने जबाब नहीं दिया, में पहले से ही कफी थाका हुआ महसूश कर रहा था, क्योंकि

मेरी बिमारी की एक और पहचान ये थी की, जब में बाराह घंटो के बाद सो जाता हूं तोह इतने के बाद मुझे कफी तकलीफ महसूश होती है, इसलिय मुझमें इतनी भी शक्ति नहीं थी उस वक्त की में चक शकुन, क्योंकि मैंने उस दिन कुछ नहीं ख्याल था, और में पूरे दिन बहोश भी था, इसलिये ये सब देखते हुए मैंने थोड़ा इंतजार किया, इंतेज़ार करते करते मैंने देखा की कुछ लोग आ रहे हैं है, और मुझे ये लगा की वो आवाज जिस्की वजाह से मुझे फिर से जीने की तालीम मिली है सयाद वो भी उन में सम्मिल हो, और जब बाहर जकर देखा तोह वो वो भी नहीं थी (आप सब ये सोच रहे होंगे की मुझे कैसा पता चला की वो वो नहीं है, क्योंकि में तो उससे कभी मुकाबिल भी नहीं हुआ फिर मुझे कैसे पता चला)। क्योंकि जब मैंने उनसे बातें की तो उन जो कहा वो बालों को करने वाले बताते हैं मेरी लिए क्योंकि जब मैंने उसके लिए बारे में पुचा, तो उन्होन ये कहा की तुम्हे नदी में कुदने से हमने ही बचाया है, जब तुम बहोश हो चुके थे, हमने तुम्हारी जान बचई थी, और जिसके बारे में तुम ज़िक्र कर रहे हो, ये ऐसी कोई लड़की नहीं आई है, तुम किसके बर्े में पुच रहे हो, और ईश घने जंगल में कोई नहीं आता, ये तो बरसो से हमारे पूर्वाज़ रहते थे, और अब हम। (मतलब ये क्या था? क्या था? क्या वो हकीकत नहीं थी मेरी, क्या वो मेरी तकय्युल की बनबत थी, कही ये जुठ तो नहीं बोल रहे मुझसे, पर ये मुझसे जुठ क्यों बोलेंगे? ये तो मुझसे अच्छी तरह से जनता भी नहीं है, कही मेरे मार्ने की रिवायत भी एक ख़्वाब तो नहीं? उस दिन कफी सावल थे पर उसका एक ये जावब था की मैं गलत हूं सयाद, ये ये लोग मुझसे जुठ बोल रहे है, इसलिये मैंने उनसे के बार पुच फिर भी उन सब एक ही जावब था की हमने तुम्हें बचाया, हम ही तुम ये लेकर आए हैं)। उस दिन मेरी खामोशी दुगनी हो चुकी थी, क्योंकि मुझे लगा रहा था की मेरी पूरी जिंदगी ही अब एक तकयिल, प्रति मुझे तब भी उन लोगो पर भरोसा नहीं था, पता नहीं क्यूं, प्रति ये दिल मनने को तय ही नहीं था कि उसके लफज मेरी तखय्युल थे, ये सिरफ एक ख्वाब है, मैंने उनसे फिर एक सवल पुचा की में कितने दिन तक बहोश था, तब उन्होन ये कहा की तुम पूरे छर दिन तक बहोश थे। प्रति ये हो कैसे सकता है में कभी भी चार दिन तक बहोश नहीं रह सकता, और ना ही आयशा कोई हादस हुआ था उस दिन जो मुझे चार दिन की रिवायत दे वो भी होश होने की, तब मुझे ये लगने लगा की ये जुठ बोल रहे मुझसे, प्रति क्यूं?

"चलो मन लिए

तुम्हारे मोहल्ले

सेह इश्क की

नुमाइश कुछ खास

नहीं थी

प्रति जो भी

थी

मेरी अपनी थी

किशी से खैरात

नहीं ली थी मैंने.......... ”

एक आहट

"सयाद तुम्हारी
फ़िदरत मोहब्बत
की थी ही नहीं
वर्ना दिल
लगाने की गुस्ताकी
हम भी नहीं
करते।"

हर ख़्वाब सच हो ये महत्वपूर्ण तो नहीं पर हा इतना ज़रोर जनता हूं की मेरी हर अगर मुझसे ही न सम्भली जाए तो दुनिया हमारी तो इतनी कुछ खास नहीं की दो पल की खुशी की सौगत में उसके बदले मैं दे।

www.ingramcontent.com/pod-product-compliance
Lightning Source LLC
Chambersburg PA
CBHW071228140726
47996CB00004B/1520